BANDE JOYEUSE.

CHOIX

De romances nouvelles et chansons
nationales.

AVIGNON,

PEYRI, Imprim.-Libraire.

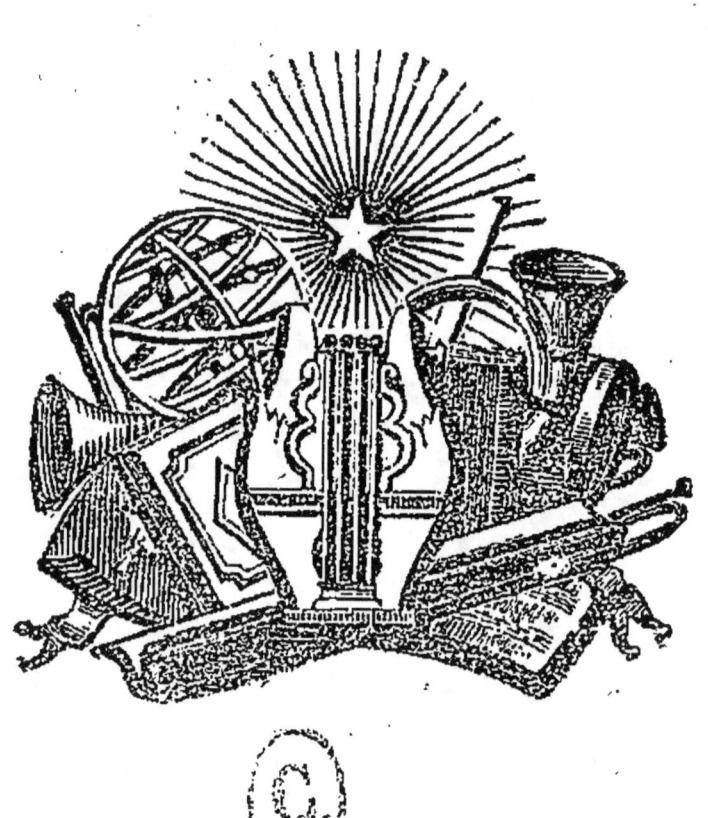

LA
BANDE JOYEUSE

CHOIX

De romances nouvelles et chansons
de Table et d'Amour.

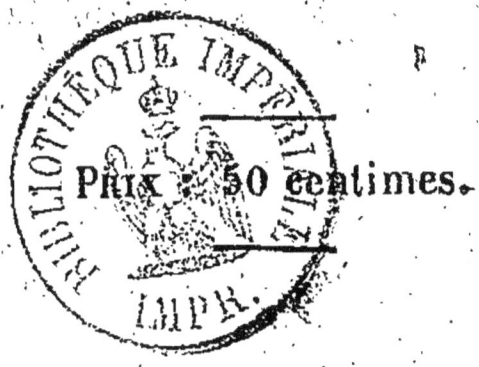

Prix 50 centimes.

AVIGNON,

Chez PEYRI, Imprim.-Libraire.

1860.

LA PHILOSOPHIE BACHIQUE.

AIR : *Si le roi m'avait donné.*

Bacchus, amis, vient d'ouvrir
    Une belle école,
Pour enseigner à loisir
    L'art de la parole ;
De ce Dieu si consolant,
Venez apprendre en riant,
La philosophie, ô gué !
    La philosophie.

Pour ne point nous ennuyer,
    Chacun sous la treille,
Au lieu d'un triste cahier,

Tiendra sa bouteille ;
Avec de tels arguments,
Nous saurons en peu de temps,
La philosophie, ô gué !
La philosophie.

Aristote en son jargon
Souvent déraisonne,
S'il confiait sa raison
Au dieu de la tonne,
Son langage séducteur,
Ferait germer dans le cœur,
La philosophie, ô gué !
La philosophie.

De Descartes nous rions,
Et de son système :
Ma foi ! dans ses tourbillons,
Chacun de nous l'aime,
Je crois quand il les a vus,
Qu'il faisait avec Bacchus,
Sa philosophie, ô gué !
Sa philosophie.

Mallebranche s'est trompé

Dans son gros volume
Trouve-t-on la vérité
    Au bout de sa plume ?
Dans le vin va la chercher,
C'est là qu'aime à se cacher,
Ma philosophie, ô gué !
    Ma philosophie.

Avec ses sensations,
    Condillac m'amuse,
Jamais en réflexions
    Son esprit ne s'use ;
Son livre paraît divin,
Je goûte en buyant mon vin,
Sa philosophie, ô gué !
    Sa philosophie.

Il plaît par son air vermeil,
    Notre vénérable,
Et s'il n'a pas son pareil
    Autour de la table,
C'est qu'avec Bacchus toujours,
Il aime à faire son cours,
De philosophie, ô gué !
    De philosophie.

RONDE A BOIRE.

AIR : *Chantons de mai.*

Plantons le mai (de M. Lanjon).

Chantons le vin,
Fêtons le vin,
Le vin, le vin,
Le vin seul est divin.

Amis, c'est lui qui nous rassemble,
Chantons donc et buvons ensemble.
Le vin, le vin,
Qu'on ne boit pas en vain,
Le vin, le vin,
Qui nous met tous en train.
Chantons le vin, etc.

Qui sait rafraichir la jeunesse ?
Qui sait réchauffer la vieillesse ?
Le vin, le vin,
Qu'on ne boit pas en vain,

Le vin, le vin,
Qui nous met tous en train.
Chantons le vin, etc.

Aux lieux où règne l'étiquette,
Qui fait préférer la guinguette?
Le vin, le vin,
Qu'on ne boit pas en vain,
Le vin, le vin,
Qui nous met tous en train.
Chantons le vin, etc.

Qui donne la force aux vieux drilles?
Les faiblesses aux jeunes filles?
Le vin, le vin,
Qu'on ne boit pas en vain,
Le vin, le vin,
Qui nous met tous en train!
Chantons le vin, etc.

Qui rend les débiteurs ingambes?
Aux huissiers, qui casse les jambes?
Le vin, le vin,
Qu'on ne boit pas en vain,
Le vin, le vin,

Qui nous met tous en train.
Chantons le vin, etc.

Qui nous rappelle nos grisettes ?
Qui nous fait oublier nos dettes ?
Le vin, le vin,
Qu'on ne boit pas en vain,
Le vin, le vin,
Qui nous met tous en train.
Chantons le vin, etc.

Du bonheur qui double les charmes ?
Du malheur qui sèche les larmes ?
Le vin, le vin,
Qu'on ne boit pas en vain,
Le vin, le vin,
Qui nous met tous en train.
Chantons le vin, etc.

Qui nous fait supporter la table
D'un gros milord insupportable ?
Le vin, le vin,
Qu'on ne boit pas en vain,
Le vin, le vin,
Qui nous met tous en train.
Chantons le vin, etc.

Au printemps, aux fleurs qu'il nous
    donne ?
Qui nous fait préférer l'automne ?
    Le vin, le vin,
    Qu'on ne boit pas en vain,
    Le vin, le vin,
    Qui nous met tous en train.
    Chantons le vin, etc.

Enfin, à chaque table ronde,
Qui fera circuler ma ronde ?
    Le vin, le vin,
    Qu'on ne boit pas en vain,
    Le vin, le vin,
    Qui nous met tous en train.
    Chantons le vin, etc.

LE CHAMPAGNE.

AIR *de Turenne.*

Riant de l'austère sagesse,
Entre une treille et la beauté,
A la place de la tristesse,

J'aime à retrouver la gaité.
Ici me croyant à Cocagne,
De chanter j'ai fait le projet;
Or, je suis plein de mon sujet,
Car je vais chanter le Champagne.

Fier de renverser les entraves,
Du Français j'aime la valeur;
Comme le Champagne, nos braves
Sont pétillants au champ d'honneur.
Pour terminer une campagne
En frappant d'un bras affermi,
Ils ont, pour vaincre l'ennemi,
La vivacité du Champagne.

L'éclat sulfureux du tonnerre
N'a rien qui me fasse frémir ;
Pourvu qu'il respecte mon verre,
Je suis tout prêt à le bénir.
Quand en grondant sur la campagne
Son fracas déchire le ciel,
Je crois voir le père éternel...
Brisant un flacon de Champagne.

Entre la Seine et la Tamise,

Amis, point de comparaison ;
Ici la folie est admise,
Et là-bas règne la raison.
Le Français fête sa compagne,
Quand l'Anglais de se pendre est fier ;
C'est qu'à Londres on boit du Porter,
Et qu'à Paris, c'est du Champagne.

Ah ! cette liqueur sans pareille
Chez la beauté reçut le jour ;
Sa nourrice fut une treille,
Mais son vrai père fut l'Amour.
Femme que la grâce accompagne,
Je le vois dans votre œil malin,
Ce fut d'un cerveau féminin
Qu'Amour fit jaillir le Champagne.

Image de l'indépendance,
J'aime ce vin séditieux ;
Voyez ce bouchon, il s'élance,
De cette table jusqu'aux cieux !
Pour battre là-haut la campagne,
Pourquoi faut-il joyeux lurons,
Que de ce monde nous partions
Aussi vite que le Champagne.

LE VOYAGEUR DU MONDE.

AIR : *C'est l'amour, l'amour, l'amour.*

J'ai parcouru la terre et l'onde,
J'ai vu l'Afrique et ses déserts,
J'ai bravé la foudre qui gronde
Et du sort les affreux revers.
Du nord de la Russie
J'ai senti les frimats,
J'ai chanté l'Italie,
Et ses heureux climats.
 Pour moi, le plus beau pays,
 C'est la France ma patrie,
 On y voit couler sa vie
 Au sein des yeux, des ris.

J'ai vu sur de lointains rivages
Le trépas menacer mes jours ;
J'ai vu dans des pays sauvages,
Du ciel implorer les secours.
J'ai couru l'Arabie
Et ses déserts brûlants,

J'ai dans la Sibérie,
Porté mes pas errants.
    Pour moi, etc.

Oui, j'ai vu dans la Barbarie
Des peuples cruels, inhumains,
Par le Nil, l'Egypte embellie
A l'étranger fournir des grains;
Fuyant de la Syrie
J'ai couru l'Indoustan,
Là, j'ai banni l'envie
De croire à l'Alcoran.
    Pour moi, etc.

Du Pérou courant l'étendue,
J'ai vu ses immenses trésors,
Le Brésil s'offrant à ma vue,
L'espoir a guidé mes efforts;
De la mélancolie,
J'ai vu pâlir l'éclair,
J'ai bravé plein d'envie
Les injures de l'air.
    Pour moi, etc.

De l'amour déployant les ailes,

J'ai jusqu'au bout de l'univers,
Chanté les amours et les belles,
Et j'ai soupiré dans leurs fers,
Déjà sur nos rivages,
Renaissent les beaux jours;
Rêvant à mes voyages
Oui je dirai toujours :
    Pour moi, etc.

LE CARILLON BACHIQUE.

AIR : *Et zig et zig, et zig et zig et zog,*
et fric, et fric et froc.

TOUS LES CONVIVES DOIVENT TRINQUER
EN MESURE A CHAQUE REFRAIN.

Et tic, et tic, et tic, et toc, et tic, et tic,
    et toc,
    De ce bachique tin tin,
    Vive le son argentin !

De la harpe enchanteresse,
Du clavier qu'une main presse,

Le charme entraîne et séduit ;
Mais, chers convives, je nie
Qu'il existe une harmonie
Plus touchante que ce bruit.

    Et tic, et tic, etc.

Le premier buveur d'eau claire
Qui tira des sons d'un verre,
Contre Bacchus forniqua ;
Et pour moi, qui ne m'éveille
Qu'aux glouglous de la bouteille,
Voici mon harmonica.

    Et tic, et tic, etc.

C'est à tort que de sa lyre
Orphée exerça l'empire
Pour séduire Lucifer ;
Ce seul bruit, rempli de charmes,
Eût attendri jusqu'aux larmes
Tous les diables de l'enfer.

    Et tic, et tic, etc.

D'une syrène à la mode
Qu'on admire la méthode,
L'art et le goût infinis...

De deux verres en cadence
L'admirable discordance
Vaut trente Catalanis.
    Et tic, et tic, etc.

Du Très-Haut les saints ministres
Avec leurs cloches sinistres
Effarouchent les mortels ;
Mais si l'heure des prières
S'annonçait au bruit des verres,
Quelle affluence aux autels !
    Et tic, et tic, etc.

Combien je t'aime, ô fougère !
Lorsque, discrète et légère,
Tu sers de trône aux plaisirs...
Ou quand, fragile et sonore,
Par le jus qui te colora
Tu ranimes nos désirs !
    Et tic, et tic, etc.

Au choc redoublé du verre
Le vieillard au front sévère
Se déride, reverdit...
Et la belle qu'on adore

Paraît plus piquante encore
Quand avec elle on a dit :
    Et tic, et tic, etc.

La peste soit du bélitre
Qui le premier de la vître
Fonda le maudit abus !
Il nous ôte par fenêtre
Trente verres, que peut être
Aujourd'hui nous aurions bus :
    Et tic, et tic, etc.

Vingt juifs, que le diable emporte
Sont consignés à ma porte,
Peut être à la votre aussi...
Maîs, morbleu ! je me résigne,
Et leverai la consigne
Dès qu'ils sonneront ainsi.
    Et tic, et tic, etc.

O vous, poissons, volatiles,
Quadrupèdes et reptiles,
Combien vous devez pester !
Quand le hasard vous rassemble,
Vous avez beau boire ensemble,

Vous ne pouvez pas chanter.
   Et tic, et tic, etc.

Gloire au soldat intrépide
Qu'à l'honneur le tambour guide !
Mais je n'en suis pas jaloux.
Rantamplan répand l'alarme ;
Tic, tic, toc a plus de charme ;
Or, mes amis, chantons tous.

Et tic, et tic, et tic, et toc, et tic, et tic,
   et toc,
   De ce bachique tin tin,
   Vive le son argentin !

LE VIN.

AIR *du petit Matelot.*

Pour mieux redoubler mon ivresse,
Je veux encor chanter le vin,
Cette liqueur enchanteresse,
Où je sus noyer le chagrin.
Bacchus du plaisir est le père ;

De son jus goûtons la douceur;
Mes amis, c'est au fond du verre
Que l'homme trouve le bonheur.

Le vin nous conduit à la gloire,
Il aime tous nos travaux,
Quelquefois à force de boire,
Le poltron devient un héros.
Le vin nous donne de la grâce
(Bacchus est l'ami d'Apollon);
Il inspira les vers d'Horace,
Et les chansons d'Anacréon.

Au dieu qui préside à la treille,
L'Amour souvent dut ses succès :
Pour mieux blesser, dans la bouteille
L'enfant malin trempe ses traits.
En buvant la belle soupire,
Elle ne voit plus le danger;
Et du vin l'aimable délire
Fait sonner l'heure du berger.

Pour charmer le cours de la vie,
Ne songeons point au lendemain;
Et pour toute philosophie

Répétons toujours ce refrain :
Bacchus du plaisir est le père,
De son jus goûtons la douceur :
Mes amis, c'est au fond du verre,
Que l'homme trouve le bonheur.

LE SOUVENIR DE DOULEUR.

ROMANCE.

AIR : *Le pauvre a dans sa vie obscure.*

Jadis sur sa tremblante lyre,
Au sein du silence des nuits,
Un Troubadour dans le délire,
Exprimait ainsi ses ennuis :
J'aimais une fidèle amie,
La mort vient de trancher son cœur !
Et ne me laisse dans la vie,
Que le souvenir de douleur :

Toujours errant et solitaire
L'espoir me fuit, et le repos ;
Sur ma languissante paupière,

Ne verse plus ses doux pavots ;
Une sombre mélancolie,
Nuit et jour agite mon cœur
Je ne rencontre dans la vie
Que le souvenir de douleur !

La vie a-t-elle encor des charmes,
Privé de l'objet de ses vœux !
O mort, viens arrêtant mes larmes,
Terminer des jours langoureux !
Je ne vois plus ma douce amie,
Les regrets déchirent mon cœur !
Il ne me reste dans la vie,
Que le souvenir de douleur !

LE PAN PAN BACHIQUE.

Air connu.

Lorsque le Champagne
Fait en s'échappant
Pan pan,
Ce doux bruit me gagne
L'âme et le tympan

Le Mâcon m'invite,
Le Beaune m'agite,
Le Bordeaux m'excite,
Le Pomard me séduit,
J'aime le Tonnerre,
J'aime le Madère ;
Mais par caractère,
Moi qui suis pour le bruit...
Lorsque le Champagne, etc.

Quand, aidé du pouce,
Le liège que pousse
L'écumante mousse
Saute et chasse l'ennui,
Vite, je présente
Ma coupe brûlante,
Et gaîment je chante
En sautant avec lui :
Lorsque le Champagne, etc.

Qu'Horace en goguette,
Courant la guinguette,
Verse à sa grisette
Le Falerne si doux,
S'il eût, le cher homme,

Connu Paris comme
Il connaissait Rome,
Il eût dit avec nous :
    Lorsque le Champagne, etc.

Panard, notre maître,
Dut au doux bien-être
Que ce jus fait naître
Le sel de ses bons mots ;
Et l'auteur comique
Du *Roman comique*
Dut à ce topique
L'oubli de tous ses maux.
    Lorsque le Champagne, etc.

Maîtresse jolie
Perd de sa folie...
Se fane et s'oublie,
Victime des hivers,
Mais ma Champenoise,
Grise comme ardoise,
En est plus grivoise
Et me dicte ces vers :
    Lorsque le Champagne, etc.

De ce véhicule
Où roule et circule
Maint et maint globule,
Si le feu me séduit,
C'est que de ma tête,
Qu'aucun frein n'arrête,
L'image parfaite
Toujours s'y reproduit.
    Lorsque le Champagne, etc.

Quand de la folie
La vive saillie
S'arrête affaiblie
Vers la fin du banquet,
Qui vient du délire
Remonter la lyre ?
Du jus qui m'inspire
C'est le divin bouquet.
    Lorsque le Champagne, etc.

Pour calmer la peine,
Adoucir la gêne,
Eteindre la haine
Et dissiper l'effroi,
Que faut-il donc faire ?

Sabler à plein verre
Ce vin tutélaire,
Et chanter avec moi.

Lorsque le Champagne
Fait en s'échappant
Pan pan,
Ce doux bruit me gagne
L'âme et le tympan.

LA MORT DE GRÉGOIRE.

AIR : *Vous m'entendez bien.*

Grégoire est mort de vétusté,
Amis, buvons à sa santé,
Publions un programme,
Eh bien !
Pour son épi... thalame,
Vous m'entendez bien.

Que chacun y mette du sien,
Ça va faire un effet de chien.
Pour moi, chers camarades,

Eh bien !
J'y mettrai deux.... rasades,
Vous m'entendez bien.

Le lendemain de Saint-Remi,
Il eût eu cent ans et demi :
J'ai deviné l'affaire,
Eh bien !
Avec son baptistaire,
Vous m'entendez bien.

Quoiqu'il aimât beaucoup le vin,
Il était savant comme vingt ;
Lisant quoiqu'il fut ivre,
Eh bien !
Il buvait comme un ...livre.
Vous m'entendez bien.

Lorsque sa femme tempêtait,
Le bon Grégoire la battait,
Et lui disait en outre :
Eh bien !
Allez... cherchez la rime,
Vous m'entendez bien.

Plus beau que Philippe-le-Bel,
Il dansait comme feu Marcel ;
   Il aimait tant la danse,
     Eh bien !
Qu'il marchait en.... cadence,
   Vous m'entendez bien.

Quand il mourut, c'était pitié,
Sa bouteille était à moitié :
   Dans ma douleur subite,
     Eh bien !
Je.... l'achevai bien vite,
   Vous m'entendez bien.

Il était devenu sournois,
Car il n'éleva pas la voix,
   Hélas ! voyez donc comme,
     Eh bien !
La mort vous change un homme,
   Vous m'entendez bien.

Mais Grégoire, par son trépas,
Ne dérange rien ici-bas ;
   La terre est toujours ronde,

Eh bien !
Buvons donc à.... la ronde,
Vous m'entendez bien.

MA MORALE.

AIR : *Tout roule aujourd'hui dans le monde.*

Du peu de jours de notre vie,
Pourquoi faire des jours d'ennui ?
Livrons nos cœurs à la folie,
Ce système n'a jamais nui.

Malheureux l'être qui raisonne,
Il est toujours sombre et chagrin ;
Suivez l'avis que je vous donne
Moralisez avec le vin.

C'est ma manière à moi, j'aime à rire, j'aime à boire, et je m'en applaudis, car...

Du peu de jours, etc.

Mon sort n'excita point l'envie,
Je fus laid, je n'eus point d'esprit ;
Toujours la fortune ennemie
M'ôta les dons qu'elle me fit :

Vous croyez peut-être que dans mes malheurs j'injuriais le ciel, les hommes, toute la nature. Vous vous trompez ; au lieu de pleurer, je chantais, et voici quel était mon refrain :

Du peu de jours, etc.

D'amour j'ai ressenti l'ivresse ;
De grands serments redis cent fois,
N'ont pas empêché ma maîtresse
De me quitter au bout d'un mois :

Oh ! ce coup-là me fut bien sensible ! Je fus plus de vingt-quatre heures à m'en consoler, mais à la vingt-cinquième, je me dis à moi-même : eh bien ! pauvre imbécile ! Tout ceci n'est rien, du courage, allons.

Du peu de jours, etc.

J'ai vu l'Effroi, la Jalousie,
Escorter les pauvres rimeurs,
Et tous dévorés par l'Envie,
Couronner ses serpents de fleurs.

*Malgré cela je voulus être poète.
Heureusement que cette fantaisie dura
peu, et qu'elle se réduisit à la compo-
sition d'une petite chansonnette qu'un
verre de vin m'inspira. Mais comme je
fus mécontent de mon ouvrage, je pris
congé des Muses, et j'avalai mon Apollon en chantant.*

Du peu de jours, etc.

Certain jour d'hiver sur la brune,
Des voleurs vident mon caveau,
Le lendemain quelle infortune !
Je prends femme, et je bois de l'eau :

*Eh bien ! tout en regrettant mon vin
et ma liberté je ne m'écriai pas moins..*

Du peu de jours, etc,

Sans la gaieté, rangs et richesses
Ne méritent que des mépris ;
Pour fixer chez soi l'allégresse,
Il faut encore de vrais amis :

*Je me flatte que vous approuvez tous
mon système chers convives, et que
vous ne ferez aucune difficulté de ré-
péter d'après moi, et avec moi :*

Du peu de jours de notre vie,
Pourquoi faire des jours d'ennui ?
Livrons nos cœurs à la folie,
Ce système n'a jamais nui...

LA FOLIE.

AIR : *Mon pays avant tout.*

Il est un âge où la folie
Invite aux plaisirs de l'amour,
Un cœur bercé par la folie,
Change de belle chaque jour.
Rien n'est pour moi si doux que la
folie,

Joyeux je bois et bannis le chagrin,
Toujours riant je chante la folie,
J'aime, je plais et chéris mon destin.

Voltigeant avec la folie,
Je vois sourire la beauté,
Je suis heureux par la folie,
Par elle j'ai de la gaîté ;
Je hais les sots et j'aime la folie,
Je ris, je chante avec de bons amis,
Je n'ai pas d'or, mais j'ai de la folie ;
Insouciant, je vis en tout pays.

Rien n'est si gai que la folie,
Son regard est vif et malin,
La douce voix de la folie,
Charme l'esprit du genre humain ;
Combien de fois auprès de la folie ;
N'a-t-on pas vu se réunir les dieux,
Brûlant d'amour ils flattaient la folie,
Ivres d'espoir ils chantaient ses beaux
    yeux.

O douce et charmante folie,
Déesse à qui je dois le jour,

Sans toi, séduisante folie,
J'ignorerais encor l'amour ;
A mon réveil je chante la folie,
Le soir soudain je vole à ses accens...
Et si je suis enfant de la folie,
Ne suis-je pas l'ami des bons vivans ?

LA DÉSOLATION GÉNÉRALE

ou

LA SUPPRESSION DES BILLETS GRATIS.

CHOEUR.

AIR : *Quel désespoir.*

Quel désespoir !
Plus de billets de comédie.
Quel désespoir !
Qu'allons-nous devenir le soir ?

C'est nous que congédie
Un ordre révoltant !
C'est une perfidie...
Nous applaudissions tant !

Quel désespoir !
Plus de billets de comédie
Quel désespoir !
Qu'allons-nous devenir le soir ?

PLUSIEURS VOISINS ET VOISINES.

AIR : *Que le sultan Saladin.*

Ces billets m'ont tant de fois
Epargné chandelle et bois !
Tout-à-coup on les retranche,
Et qui voudra le dimanche
Voir comédie, opéra
Paîra,
Paîra,
Et, d'après cet ordre-là,
Il faudra brûler de plus belle
Bois et chandelle (bis).

UN DIRECTEUR.

AIR : *Lise épouse l' beau, etc.*

A chaque pièce nouvelle,
Bien certains de votre zèle,

Nous opposions aux sifflets
Un déluge de billets ;
C'est l'intérêt de la pièce
Qui nous prescrivait cela...
Mais l'intérêt de la caisse
N' connaît pas ces billets-là (bis.)

LES CAFÉTIERS DE DIFFÉRENTS THÉATRES.

AIR : *Je vous comprendrai, etc.*

Mais nous, dont les punchs renommés
Disposaient si bien les athlètes,
Les billets *gratis* supprimés
Suppriment aussi nos recettes :
C'est chez nous que ces fiers soldats
De la pièce chantaient la cause ;
Et, qu'elle prît ou ne prît pas,
Ils prenaient toujours (*ter*) quelque
      chose.

UN CABALEUR.

AIR : *On dit que le diable est céans.*

Sans doute, messieurs les acteurs,
Ce changement est votre ouvrage

Et c'est d'un si cruel outrage
Que vous payez vos défenseurs :
    Mais patience (*bis*);
Plus de billets, plus d'indulgence;
Craignez notre indignation...
La bonne ou mauvaise action
A tôt ou tard sa récompense.

UN CHEF DE FILE.

AIR : *Il faut que l'on file doux.*

Et moi qui de votre gloire,
Fus le premier instrument,
Une trahison si noire
Paîra dans mon dévoûment !
Tragédie ou vaudeville,
Faible de plan et de style,
Paraissent-ils chanceler,
C'est le chef de file, file, file,
Qui l'empêchait de filer.

} *bis.*

UN CLAQUEUR, *à un chef d'emploi.*

AIR : *Traitant l'amour sans pitié.*

Un soir, dans Agamemnon,
Nous vous jurâmes d'avance;

D'applaudir à toute outrance
A chaque coup de talon ;
Achille était votre rôle,
Et je ne sais trop, mon drôle,
Sans ce petit coup d'épaule,
Ce qui vous fût arrivé :
Mais la main fut si docile,
Et le talon si mobile,
Que ce qui perdit Achille
Est ce qui vous a sauvé (bis).

LES ACTEURS.

AIR : *Que d'établissements nouveaux.*

Quoi ! vous vous en prenez à nous
Des billets *gratis* qu'on supprime ?
Eh ! mes amis, bien plus que vous
L'acteur n'en est-il pas victime ?
Quand un créancier inquiet
Venait faire le bon apôtre,
Nous lui faisions notre billet...
Pour ne pas en payer un autre (bis).

UN COMIQUE.

AIR : *Je suis natif de Ferrare.*

Uthal payait la revendeuse,
Le traité nul, la parfumeuse;
Richard payait le bijoutier,
Anacréon, le cordonnier;
Othello payait la modiste,
Et *les Templiers,* l'aubergiste,
Titus payait le perruquier,
Et *la Prude,* le culottier.

UNE PRINCESSE.

AIR : *des Florentins.*

Hélas ! avant la pièce,
Qui nous exaltera ?
Dans le cours de la pièce,
Qui nous applaudira ?
Si nous manquons dans la pièce,
Quel ami nous défendra ?
Et qui nous demandera
Après la pièce ?

CHOEUR GÉNÉRAL DES CABALEURS.

AIR : *Courez vite, prenez le patron.*

Rendez-nous, rendez-nous nos billets,
Ou vous périrez sous les sifflets.
   Oui, j'en fais hautement
     Le serment,
  Nous sifflerons jusques au bout
     Tout.
Chaque ouvrage qui sera joué
    Sera bafoué,
     Honni, hué
     Et conspué.
    A chaque morceau,
     Mauvais ou beau,
   Nous éternûrons,
    Nous bâillerons,
  Nous tousserons..
    Dans l'horreur
  De ce courroux vengeur,
    Rien enfin
  N'ira jusqu'à la fin ;
    Et l'auteur

Ou l'acteur
Le meilleur,
Fut-il un prodige, un phénix,
Nix.

TOUT EST MYSTÈRE DANS LA VIE.

Air nouveau.

J'ai couru de lointains climats,
Croyant trouver femme sincère,
Je n'ai rencontré sur mes pas,
Que l'imposture et le mystère ;
J'avais cru savoir plaire un jour,
A femme sensible et jolie,
Elle sut trahir mon amour ;
Tout est mystère dans la vie.

Croyant découvrir sous les cieux,
Un homme à la raison fidèle,
Il ne s est offert à mes yeux,
Qu'une âme au sentiment rebelle ;
Un bon cœur par moi seul admis,
Sut me payer de perfidie ;

Non il n'est plus de vrais amis ;
Tout est mystère dans la vie.

N'ayant qu'en ce triste univers
De l'espérance dans un frère,
Malheureux par mille revers,
Nous partagions notre misère ;
Par le sort un jour opulent,
Il me méconnaît et m'oublie ;
Non, il n'est plus un vrai parent ;
Tout est mystère dans la vie.

Ignoré dans la pauvreté,
Non jamais mon œil ne sommeille,
Aux accens de l'humanité,
Rien ne daigne prêter l'oreille.
Non rien est humain ici-bas,
Tout cède à son aveugle envie,
Il n'existe que des ingrats !
Tout est mystère dans la vie.

CHANSON BACHIQUE.

AIR : *Buvons à Tirelarigo.*

On n'a jamais pu décider ;
Si la Champagne doit céder,
  Le pas à la Bourgogne ;
    Pour juger leurs vins
    Armez tous vos mains
Chacun d'un double verre ;
    Nous sommes ici
    Assez, Dieu merci,
Pour vider cette affaire.

Qu'en pensez-vous ? parlez sans fard,
  Beaune a droit de vous plaire ;
Aimeriez-vous mieux ce Pomard
  Qui rit dans la fougère ?
    De ce bon Volnai,
    Qui rend le cœur gai,
Buvons pleines rasades,
    Nuits et Macon,
    Voilà le bouillon
Qui convient aux malades.

Le Champenois a des attraits,
   Qui flattent davantage;
De quel prix est pour les gourmets
   Le vin de l'Hermitage ?
     La pointe d'Aï,
     Le feu de Chably,
   Troublent plus d'une tête;
     Le vieux Auvilé
     N'a jamais coulé
   Que pour les jours de fête.

Avec raison, des deux cantons,
   On vante la vendange ;
Les Champenois, les Bourguignons,
   Sont dignes de louange;
     Pluton, de mes jours
     Eut tranché le cours,
   Sans toi, bourgogne aimable,
     Rends-moi ma gaieté,
     Rends-moi ma santé,
   Toi seul en es capable.

Mais lorsqu'un grain de volupté
   Ou de libertinage
A plus vivement excité

Mon trop jeune courage,
Pour voir à mes vœux,
Toujours plus nombreux,
Sourire ma compagne,
Pendant le repos
Des plus doux travaux,
Je sable du Champagne.

RENAUD DE MONTAUBAN.

Air : *Il est un Dieu pour les auteurs.*

Lance en arrêt, casque fermé,
Marchait un des preux de la France,
Tantôt de tendresse enflammé,
Tantôt conduit par la vaillance.
Cousin du paladin Roland,
Toujours cher à plus d'une belle,
Et redouté de l'infidèle,
C'était Renaud de Montauban.

Alors qu'en un sombre châtel,
Victime de la jalousie,
Sous le joug d'un Argus cruel,
Pleurait l achelette jolie;

Pour l'arracher à son tyran,
Un preux venait-il à paraître,
On ne pouvait le méconnaître,
C'était Renaud de Montauban.

Si l'on entendait quelquefois
Parler d'un chevalier volage,
Habile à varier son choix,
A la ville ainsi qu'au village;
Aux jeux d'Amour entreprenant,
Ami d'une belle éplorée,
Craint des maris de la contrée,
C'était Renaud de Montauban.

Un jour, dit-on la jeune Alix
Se promenant sous le feuillage,
Aperçut au fond du taillis
Un chevalier de haut parage;
Il lui parla si galamment,
Qu'il charma la belle timide,
Bientôt après... Ah ! le perfide !...
C'était Renaud de Montauban.

Oh ! le bon temps qu'alors était !
Un paladin fier et sensible
Fillette aimait, Maure battait;
Aux preux Français tout est possible.
Un, surtout, plus brave et plus grand,

Né pour l'amour et pour la guerre,
Peuplait et dépeuplait la terre ;
C'était Renaud de Montauban.

CHANT DU SOLDAT

Air *de la retraite*.

Marche au combat !
Voilà mon cri de guerre :
    S'il est sur terre,
    Un bel état,
C'est celui de soldat.
Vivre exempt de soucis,
Défendre son pays
Et boire à ses amis,
    C'est le moyen
D'être riche avec rien.

    Est-il repos,
Est-il plaisir qui vaille
    Une bataille
    Où d'un héros
Nous suivons les drapeaux ?
La gloire nous attend,
Nous chantons en partant,

Nous chantons en battant,
  Nous chantons quand
Nous revenons au camp.

Pour nous l'amour
Forma toutes les belles;
  Les plus rebelles
  S'unissent pour
Chanter notre retour
Devenu plus humain,
Chaque tendron est vain
D'unir sa douce main
  A celle qui
Fit trembler l'ennemi.

  L'argent n'est rien
Pour le franc militaire :
  Il a son verre
  Pour tout soutien,
Et l'honneur pour tout bien.
A ses yeux peu jaloux,
L'espoir d'un sort plus doux,
Tout l'or tous les bijoux,
  Ont moins de prix
Qu'un drapeau qu'il a pris.

Ceint d'un laurier,
Et fier sur une tonne,
Nul coup n'étonne
Le cœur altier
D'un valeureux guerrier.
Soir et matin il boit,
Il boit à chaque exploit;
Jamais on ne le voit
Verser en vain
Ni son sang ni son vin.

LES PASSANTS.

DIALOGUE CRITIQUE ET MORAL ENTRE UN PARISIEN ET UN NOUVEAU DÉBARQUÉ.

AIR : *Où s'en vont ces gais bergers.*

LE NOUVEAU DÉBARQUÉ.

Où va donc, m'sieur l' Parisien,
Ce déluge de monde,
Dont voilà qu'en moins de rien
L' débordement m'inonde ?

LE PARISIEN.

L'un va chez son débiteur,
  L'autre va chez sa brune;
Plusieurs aussi courent à l'honneur,
  Et tous à la fortune.

LE NOUVEAU DÉBARQUÉ.

Où s'en va cet élégant
  Qui siffle un' chansonnette,
D'une main agitant son gant,
  D' l'autre une moitié d' lunette?
Est-il danseur ou chanteur?
  Il n' fait qu' sauts et roulades.

LE PARISIEN.

Non, mon cher, c'est un jeune docteur
  Qui va voir ces malades.

LE NOUVEAU DÉBARQUÉ.

Où s'en va c' monsieur tout noir,
  Les yeux fixés à terre?

Sur les bras il doit avoir
  Une méchante affaire...
Car il a l'air de penser
  A queuq' chose d' tragique...

LE PARISIEN.

Il médite un pas qu'il doit danser
  A l'Ambigu-Comique.

LE NOUVEAU DÉBARQUÉ.

Où va c' vieillard estropié,
  Dont l' corps n'est qu' cicatrice?

LE PARISIEN.

Ce bon militaire à pié
  Regagne son hospice.

LE NOUVEAU DÉBARQUÉ.

Et c' mirliflor' en wiski,
  Rasant toutes les boutiques...
Où va-t-il?

LE PARISIEN.

C'est un perruquier qui
   Va faire ses pratiques.

LE NOUVEAU DÉBARQUÉ.

Où va, s'il vous plaît, encor
   Ce monsieur pâle et maigre
A besicl' et boucles d'or ?...

LE PARISIEN.

   Oh ! c'est un juge intègre
Qui, mariant sans effort
   L'agréable à l'utile,
Vient de condamner un homme à mort.
   Et court au vaudeville,

LE NOUVEAU DÉBARQUÉ.

Où s'en va d' femm's et d'enfants
   Cette troupe échappée ?
J' gage, à leurs airs triomphants,
   Qu'ils vont à la Râpée !

Tant mieux, c'est ben naturel
Que l' peuple s'divertisse...

LE PARISIEN.

Ils vont voir sortir un criminel
Du Palais-de-Justice.

LE NOUVEAU DÉBARQUÉ.

Où s'en va c'te d'moisell'-là,
Si modeste et si triste ?

LE PARISIEN.

On voit, au carton qu'elle a,
Que c'est une modiste.

LE NOUVEAU DÉBARQUÉ.

Ell' rougit et baiss' les yeux
Sitôt qu'on la regarde...

LE PARISIEN.

Elle va faire, hélas ! ses adieux
Au tambour de la Garde.

LE NOUVEAU DÉBARQUÉ.

Où va c' visage à l'évent,
  C'tte fac' plate et r'bondie ?
Ah : v'là qu'il s'arrête devant
  L' affiches d' comédie ;
J'aurions besoin de l' souffler,
  Car je crois qu'il épelle.

LE PARISIEN.

Aux Français ce soir il va siffler
  Une pièce nouvelle.

LE NOUVEAU DÉBARQUÉ.

Où s'en va ce p'tit minois ?
  Il semble me connaitre.
V'là qu'il m'appelle, je crois...
  J' vas voir qui ça peut être.

LE PARISIEN.

Adieu donc, enfant gâté
  Des plaisirs et des belles.
Demain, j'irai de votre santé
  Apprendre des nouvelles.

LE NOUVEAU DÉBARQUÉ.

Encore un mot !... où vont donc
    Ces lurons d' bonne mine ?

LE PARISIEN.

A leur joyeux abandon,
    La chose se devine.
Ils vont tous à l'unisson,
Pleins d'une soif égale,
Entonner le vin et la chanson
    Au Rocher de Cancale.

LE TOMBEAU DE ROLAND.

Air à faire.

Roland, près de quitter la vie,
Disait à tous les chevaliers :
« Chers compagnons, braves guerriers,
Que mon sort est digne d'envie !
Heureux, j'ai mérité jusqu'à mon der-
    nier jour
Le laurier de la gloire et la rose
    d'amour.

« Au champ d'honneur, à la victoire
Je vous conduisis quelquefois ;
Montrez par de nouveaux exploits,
Que je vis dans votre mémoire.
Allez dans les combats mériter tour
    à tour
Le laurier de la gloire et la rose
    d'amour.

« Ne bornez pas votre vaillance

A vaincre de fiers agresseurs ;
Soyez aussi les défenseurs
De la vertu, de l'innocence.
C'est ainsi, chevaliers, qu'on obtient
    tour à tour
Le laurier de la gloire et la rose
    d'amour.

« Soyez amant, soyez fidèle :
Le bonheur suit la volupté ;
Mais quand des bras de la beauté
La gloire aux combats vous appelle.
N'écoutez que l'honneur, et préférez
    toujours
Les lauriers à la rose, et la gloire aux
    amours.

Roland a fini sa carrière ;
Amis, c'en est fait, il n'est plus !
C'est le modèle des vertus,
Ah ! pleurons son heure dernière ;
Et, pour orner sa tombe, unissons en
    ce jour,
Le laurier de la gloire à la rose
    d'amour.

LES GRACES.

AIR : *Ce fut par la faute du sort.*

En dépit des mille fadeurs
Que sur les Grâces on répète,
Offrons-leur encor quelques fleurs;
C'est le devoir de tout poète.
Si j'en suis un peu maltraité,
Je ne suivrai pas moins leurs traces
Toujours, pour plaire à la beauté,
Il faut sacrifier aux Grâces.

La trop naïve Antiquité,
Bien plus simple en fait de parure,
Les peignait sans voile emprunté,
En vrais enfans de la Nature.
Nous, dont le goût est plus décent,
Nous les voulons un peu vêtues ;
Et tous nos salons à présent
Ne les montrent que demi-nues.

On dit les Grâces à Paris :
J'en sais en province, au village,

Qui valent bien, à mon avis,
Celle dont l'art est le partage.
Lise en a jusqu'au bout des doigts.
Pourquoi, par une erreur extrême,
Réduire les Grâces à trois !
Moi, j'en vois mille en ce que j'aime.

Tout homme poursuit un objet
Dont le plus souvent il dévie :
L'avoir, n'être point satisfait,
Voilà l'histoire de la vie,
Chacun court après les emplois,
Après les honneurs ou les places ;
Pour moi j'ai fait un meilleur choix,
Et je ne cours qu'après les Grâces.

Au Vaudeville, à l'Opéra,
L'auteur chante pour le parterre,
Bien certaine qu'elle plaira,
Joséphine chante pour plaire.
Tel chante pour avoir le prix,
Qui s'expose à mille disgrâces :
Moi, je chante pour mes amis,
Et pour le Chansonnier des Grâces.

CHANSON

A L'OCCASION DE MA RÉCEPTION A LA
SOCIÉTÉ DITE DES BÊTES.

AIR : *Ma tante Urlurette.*

Vous m'avez nommé *Pinson* :
Je vous dois une chanson
Qui soit à la fois honnête
Et bien bête, (*bis*)
Bête, bête, bête.

Ah ! qu'il m'est doux,
De pouvoir, chez vous admis,
Chanter, crier à tû-tête :
Je suis bête, (*bis*)
Bête, bête, bête.

Il faut bien que je le sois,
Car les plus rusés matois
Ne sont jamais où vous êtes
Que des bêtes, (*bis*)
Bête, bête, bête.

3

Que je suis fier de ce nom,
Puisque dans cette maison,
Jusqu'à l'ami qui nous traite,
   Tout est bête, (*bis*)
     Bête, bête, bête.

Je méritais ce nom-là,
Car maint tendron vous dira
Que j'ai l'air en tête-à-tête
   D'une bête, (*bis*)
     Bête, bête, bête.

Il pourra vous dire encor
Que, dans l'amoureux essor,
L'âne, en ses jours de conquête
   Est moins bête, (*bis*)
     Bête, bête, bête.

J'ai parfois fait de l'esprit ;
Jamais mon esprit ne prit ;
Depuis ce temps je répète :
   Soyons bête, (*bis*)
     Bête, bête, bête.

Brunet serait-il connu,
Si Brunet n'avait pas su
D'une manière parfaite
 Etre bête, (*bis*)
  Bête, bête, bête.

Moi, qui n'avais pas encor
Jusqu'ici roulé sur l'or,
Voilà ma fortune faite :
 Je suis bête, (*bis*)
  Bête, bête, bête.

LE BON CHEVALIER.

ROMANCE.

Air connu.

« Reposez-vous, bon chevalier,
 Laissez-là votre armure ;
Venez, près de notre foyer,
 Conter quelque aventure. »
« Châtelaine, de tout mon cœur ;
Mais, las ! je ne sais qu'une histoire :

C'est celle que dans ma mémoire
Gravent l'amour et la douleur. »

« Bon chevalier, quoi ! c'est l'amour
   Qui cause votre peine?
Pourquoi donc fuyez-vous la cour
   De votre souveraine? »
« C'est elle qui fait mon tourment :
Hélas ! j'osai brûler pour elle,
Et toujours lui serai fidèle
Comme sujet et comme amant. »

« Un prince est devenu l'époux
   De celle que j'adore :
En perdant l'espoir le plus doux,
   Je la chéris encore.
Dans les combats je vais servir
L'objet de ma flamme éternelle :
Si je ne puis vivre pour elle,
Pour elle au moins je veux mourir.

LE POUVOIR DU VIN.

GRANDE RONDE.

AIR : *Ah ! le bel oiseau, vraiment.*

CHOEUR.

Mes amis, buvons, buvons,
  Le vin m'enchanté,
  Et je chante :
C'est au vin que nous devons
Les plaisirs que nous avons.

Tous ces faiseurs de pamphlets
Ont beau se casser la tête;
Eh ! morbleu ! tous leurs feuillets
Valent-ils une feuillette ?
      Mes amis, etc.

Quoique le latin soit beau,
Plus d'un moderne Grégoire

N'entend pas le mot *bibo*,
Mais il entend le mot boire.
   Mes amis, etc.

Un crésus compte à loisir
L'or dont son âme est avide :
Les flacons me font plaisir ;
Sans les compter je les vide.
   Mes amis, etc.

Au savant qui lit aux cieux
Un long tube est nécessaire :
Pour sabler du vin mousseux
On n'a besoin que d'un verre.
   Mes amis, etc.

Le dimanche aux Porcherons
Que de tonnes sont entrées
Dans le cou des bons lurons
Sans payer les droits d'entrées !
   Mes amis !

Ce roi qu'on vante beaucoup,
David, pour se mettre en marche,
Avait bu son petit coup

Quand il dansa devant l'arche.
　　Mes amis, etc.

Job mourut sur un fumier,
Et c'est un trépas sans gloire :
S'il fût mort dans un cellier,
On chanterait sa mémoire.
　　Mes amis, etc.

On dit que Tobie enfin
En priant perdit la vue;
N'est-ce pas plutôt le vin,
Qui lui donnait la berlue ?
　　Mes amis, etc.

On boit pour faire un fagot,
On boit pour faire une pièce,
On boit pour dire un bon mot,
On boit pour dire la messe.
　　Mes amis, etc.

Dussions-nous être étourdis,
A grands flots que le vin coule :
Que risquons-nous, mes amis ?
Ne peut-on marcher... on roule.
　　Mes amts, etc.

L'ABANDON.

ROMANCE.

Air : *C'est à mon maître en l'art de plaire.*

Comment ne pas croire à la flamme
Dont tu disais brûler pour moi !
Je ne trouvais rien dans mon âme
Qui me fît soupçonner ta foi.
Simple et naïve en ma tendresse,
Je crus à ta sincérité ;
Tu ne dus rien à ton adresse,
Mais tout à ma crédulité.

Que n'es-tu, pour ta propre gloire,
L'idole qu'adorait mon cœur !
J'étais heureuse de te croire ;
Toi seul as détruit mon erreur.
Pour calmer ma douleur amère,
En vain à moi tu reviendrais ;
J'ai perdu ma douce chimère,
Tu n'es plus celui que j'aimais.

Va, porte ailleurs ta froide estime
Et ton insultante amitié !
J'ai pu te pardonner ton crime ;
Mais il ne peut être oublié.
Va, dans ton ardeur inquiète,
Formerquelque nouveau lien ;
C'est ton bonheur que je regrette,
Ingrat, plus encor que le mien !

LA RÉFORME.

Air : *Comment goûter quelque repos?*

Mon père, félicitez-vous ;
Décidément je deviens sage.
J'ai fait un long apprentissage
Du danger de hanter les fous :
Enfin mon esprit se redresse,
Je marche en des sentiers nouveaux ;
Je ne garde que deux chevaux,
Et je n'ai plus qu'une maîtresse.

Avec mes fripons de tailleurs
Ma perte devait être prompte ;

Ces messieurs portaient à mon compte
Des habits qu'on usait ailleurs.
Sur ce point réforme complette :
J'ai calculé le prix des draps ;
Je vois qu'il ne me faudra pas
Deux mille écus pour ma toilette.

Vous étiez chagrin de me voir,
Trop épris de l'indépendance,
Repousser avec indolence
Jusqués au seul nom de devoir.
Eh bien ! désormais je m'applique,
Le travail me paraît charmant ;
Et depuis huit jours, constamment,
Je prends des leçons de musique.

J'ai des desseins plus sérieux,
De leur succès dépend ma gloire ;
Je veux mettre au net mon histoire,
C'est un ouvrage curieux.
Ce projet a de quoi vous plaire :
Songez donc vite à m'envoyer
Cent napoléons pour payer
Mon imprimeur et mon libraire.

A MON AMI BRAZIER.

AIR : *Vieillissons sans regret.*

Gai ! mon vieux,
Ça va mieux...
Après huit grands mois de diète,
En avant le flacon,
L'assiette
Et la chanson.

Vers le sombre rivage
Je n'ai pas pris l'essor ;
J'étais trop faible encor
Pour faire un si grand voyage. .
Gai ! mon vieux, etc.

Si bien vider son verre
Ne fut jamais un tort ;
Qu'avais-je fait au sort
Pour qu'il me jetat la pierre ?
Gai ! mon vieux, etc.

On eût vraiment pu croire,
Aux moellons que j'avais,

Qu'en secret je servais
Messieurs de la bande noire...
Gai ! mon vieux, etc.

Mais, grâce au savoir-faire
D'Heurteloup, de Pasquier,
Je touche, chez Brazier,
A la fin de ma carrière...
Gai ! mon vieux, etc.

Si pourtant, à leur honte,
C'eût été fait de moi,
C'est un calcul, ma foi,
Qui n'aurait pas fait mon compte. .
Gai ! mon vieux, etc.

Je commence à revivre :
Déjà le doigt de vin
Remet mon cœur en train...
Le doigt de cour va le suivre.
Gai ! mon vieux, etc.

Pendant mon long carême,
Corsages embellis,
Et vous, flacons vieillis,
Redoutez ma soif extrême.
Gai ! mon vieux, etc.

Bacchus m'offre une grappe,
L'amour me tend la main,
Comus sert un festin,
Et le Plaisir met la nappe·
　Gai ! mon vieux, etc.

Ami, quoi qu'il advienne,
A ta santé je dois
Trinquer autant de fois
Que tu trinques à la mienne
　Gai! mon vieux,
　Ça va mieux...
Après huit grands mois de diète,
En avant le flacon,
　L'assiette
Et la chanson.

L'ORIGINAL SANS COPIE.

Air : *Bon ! bon, mariez-vous.*

Feu, feu
Monsieur Mathieu
Etait un singulier homme ;
Feu, feu
Monsieur Mathieu
Etait comme
On en voit peu.

Quoique maître d'un grand bien,
Et de famille fort bonne
Il faisait souvent l'aumône,
Et ne devait jamais rien.
　　Feu, feu, etc.

D'un habit de camelot
Il avait pris la coutume,
Prétendant que le costume
Ne prouve pas ce qu'on vaut.
　　Feu, feu, etc.

Au joug de l'hymen soumis,
On l'a vu, du fond de l'âme,
Toujours préférer sa femme
A celles de ses amis,
　　Feu, feu, etc.

Enchanté de voir grandir
Ses trois garçons et sa fille,
Il promenait sa famille
Sans bâiller et sans rougir.
　　Feu, feu, etc.

Il bravait avec mépris

Nos usages et nos modes,
Et c'était aux plus commodes
Que mon sot donnait le prix.
    Feu, feu, etc.

On le vit, lorsque des ans
Le poids vint courber sa tête,
A la *titus* la mieux faite
Préférer ses cheveux blancs.
    Feu, feu, etc.

Il s'avisa de rimer
Des morceaux dignes d'envie,
Et notre auteur, de sa vie,
N'osa se faire imprimer.
    Feu, feu, etc.

A la faveur comme au rang
Il croyait que le mérite
Devait conduire plus vite
Que l'apostille d'un grand.
    Feu, feu, etc.

Un jour on lui proposa
Un emploi considérable,

Et s'en jugeant incapable,
Sans regret il refusa.
          Feu, feu, etc.

Jamais ce fou, s'il en fut,
Ne voulut faire antichambre,
Pour obtenir d'être membre,
Du beau corps de l'Institut.
          Feu, feu, etc.

Aux honneurs il fut admis
Par je ne sais quel miracle;
Et jamais sur le pinacle,
Il n'oublia ses amis.
          Feu, feu, etc.

Eh bien ! on le chérissait;
Et malgré ses faux systêmes,
Il fut pleuré par ceux mêmes
    ue sa mort enrichissait.
          Feu. feu, etc.

TOUT LE MONDE EST ATTRAPÉ.

Air de la ronde de Rabelais.

Combien de piéges s'entr'ouvrent
A chaque heure sous nos pas !
Mais souvent les fleurs les couvrent
Et nous ne les voyons pas.
   Tôt ou tard-ici-bas
      Quelque trappe
      Nous attrappe,
   Et jusqu'au plus huppé
   Tout le monde est attrapé.

Un charlatan sans scrupule
Ose inviter aujourd'hui
Plus d'un malade crédule
A réclamer son appui :
   Sitôt qu'on est chez lui
      L'esculape
      Ouvre une trappe,
   Et, trop tard détrompé,
Le malade est attrapé.

D'une fillette précoce
Un barbon reçoit la main,
On précipite la noce,
L'époux préside au festin.
　Il rit jusqu'à la fin
　　Sans que la trappe,
　　　Le frappe;
　Mais lorsqu'il a soupé,
Ah ! comme il est attrapé!

L'AMOUR GUERRIER.

Air : *Un soir dans la forêt, etc.*

Toujours avide de conquêtes,
Aimant le myrthe et le laurier,
L'amour voulut être guerrier :
Pour lui les combats sont des fêtes.
Il assemble aussitôt sa cour,
Et, dressant sa tête légère,
« Je vais, dit-il, faire la guerre,
Que tout tremble devant l'Amour. »

Le Dieu dispose son armée;
Il met en avant les désirs;

A côté de lui des plaisirs
L'heureuse élite est rassemblée ;
Mais au sein même du bonheur,
Craignant les revers et la fuite,
L'amitié venait à sa suite,
Pour l'accueillir dans le malheur.

Il saisit son arc, il s'élance,
Se couvre d'un casque de fleurs ;
Il va faire couler des pleurs,
Et le cruel en rit d'avance.
Je fus témoin de son erreur ;
A peine il quittait Cythérée,
Qu'il rencontra ma bien-aimée,
Et l'amour trouva son vainqueur.

« Que d'attraits, de grâces, de charmes,
Dit-il, tombant à ses genoux,
Vous avez fléchi mon courroux ;
C'en est fait, je vous rends les armes. »
Céphise oublia sa rigueur ;
Mais brisant ses flèches cruelles,
Elle lui coupa ses deux ailes,
Et pour prison choisit mon cœur.

LE JOHN BULL PARISIEN.

AIR *du rondeau.*

Paris m'a vu naître
Et je suis un être
Assez singulier :
La même seconde
Me trouve à la ronde
Dans chaque quartier.

De tout je m'amuse,
Je flâne, je muse,
Et pour ce défaut
On me gratifie
On me qualifie
Du nom de badaud.

D'humeur curieuse
Et capricieuse.
Je vois, j'entends tout ;
Et nouvelle heureuse,
Nouvelle fâcheuse,
Tout est de mon goût.

Confiant, crédule,
Un bruit qui circule
Me rend ébahi ;
On m'a vu naguères
Manquer mes affaires
Pour parler d'Albi.

Vienne un incendie,
Soudain je m'écrie
« Au secours ! au feu !
Sauvez le deuxième,
Sauvez le troisième ; »
Mais je bouge peu.

Quand souvent Molière,
Racine et Voltaire
Ne m'attirent pas,
Une z'Irsabelle,
Un Polichinelle
Arrête mes pas.

Mais, quoique frivole,
Ma moindre parole
Devient un arrêt ;
Pas une entreprise
Qui ne soit soumise
A ce qui me plaît.

Bals, cafés, boutiques,
Jeux, fêtes publiques,
C'est à qui m'aura ;
Si je me présente,
C'est vingt fois sur trente
A qui m'ennuîra.

De l'Académie,
Souvent endormie,
Je cours, comme un fou,
Aux Montagnes suisses
Me rompre les cuisses,
Me casser le cou.

Mais le jour s'écoule,
Et je cours en foule
Remplir Tivoli ;
Survient une averse,
Et je me disperse...
Le jour est fini.

LE PRINTEMPS.

Air : *Vivent les fillettes.*

Garçons et fillettes,
Voici les beaux jours ;
Enflez vos musettes,
Chantez les amours.

La feuille légère
Promet la fraîcheur ;
Plus bas, la fougère
Promet le bonheur.
 Garçons et fillettes, etc.

Grâce aux feux de l'âge,
Aux feux du midi,
Colette est moins sage,
Colin plus hardi...
 Garçons et fillettes, etc.

Le Zéphir entr'ouvre
D'un souffle indiscret
Le voile qui couvre
Un trésor secret...
 Garçons et fillettes, etc.

Agnès se colore
D'un feu que ses sens
Ignoraient encore
Au dernier printemps.
   Garçons et fillettes, etc.

Le lis et la rose
Ornent à la fois
Le boudoir de Rose
Et son gai minois.
   Garçons et fillettes, etc.

Bravant une gêne
Dont il se lassait,
Le cœur rompt sa chaîne,
Le sein son lacet.
   Garçons et fillettes, etc.

Saison douce et chère,
Ton charme puissant
Rajeunit la mère
Et mûrit l'enfant.
   Garçons et fillettes, etc.

Le vieillard éprouve
Un désir joyeux ;
Le mari retrouve

Sa force et ses feux.
  Garçons et fillettes, etc.

L'épouse féconde
Lance avec orgueil
Sur sa taille ronde
Un secret coup-d'œil.
  Garçons et fillettes, etc.

L'onde qui murmure,
 L'agneau qui bondit,
Le ciel qui s'épure,
Tout enfin vous dit :
  Garçons et fillettes, etc.

Chaque heure sonnée
Conduit à ce temps
Où pour vous l'année
N'a plus de printemps.

  Garçons et fillettes,
  Voici les beaux jours ;
  Enflez vos musettes,
  Chantez les amours.

MON PORTRAIT.

Air : *Si Pauline est dans l'indigence.*

Vous allez enfin me connaître,
Mon amour-propre se trahit;
J'ai la fadeur d'un petit maître
Et la froideur d'un bel esprit.
Toute gêne m'est un supplice;
Je ne fus jamais, franchement,
Amb.tieux que par caprice,
Tendre que par désœuvrement.

Grand diseur de petites choses.
Grave auteur de folles chansons,
Je trouve dans un champ de roses
Moyen de cueillir des chardons.
Tantôt frondeur impitoyable,
Tantôt prompt à m'émerveiller,
Je bâille dans un cercle aimable,
Mais moins que je n'y fais bâiller.

Sans but, sans frein, sans caractère,
Je veux, et puis je ne veux pas;

Tout haut j'affirme le contraire
De ce que je dirais tout bas.
Ennemi de tous ceux qu'on loue,
De tous ceux qu'on siffle, charmé ;
Je suis, il faut que je l'avoue,
Détestable.... Et pourtant aimé !

LES CHEVALIERS ROSE-CROIX.

Air : *Mon cœur soupire dès l'aurore.*

Beaux jours de la chevalerie,
Siècles de gloire et de plaisir,
Dans quelle douce rêverie
Me jette votre souvenir !
O combien je chéris cet âge
Où les enfans des vieux gaulois,
Ivres d'amour et de courage,
Unissaient la rose à la croix.

Alors Dieu, le Prince et les Dames,
Mots sacrés pour les preux français,
Gravés dans le fond de leurs âmes,
Leur étaient garans du succès.

Jamais et du Ciel et des belles
Ils ne séparèrent les droits;
Toujours constans, toujours fidèles
A la rose comme à la croix.

Allaient-ils dans la Palestine
Chercher des lauriers incertains,
Et purger la tombe divine
De l'aspect des fiers Sarasins,
Leur zèle pour la sainte cause
S'enflammait encor à la voix
Qui mettait pour prix à la rose
L'honneur d'avoir servi la croix.

A jamais rendus intrépides
Par l'espoir de cet heureux prix,
Nos guerriers, sous leurs coups ra-
pides,
Renversaient tous leurs ennemis.
Après mille combats insignes,
Ils révoyaient enfin leurs toits;
En se disant : Nous sommes dignes
Et de la rose et de la croix.

TABLE.

La philosophie bachique.   page   7
A ma bouteille.   10
Ronde à boire.   12
Le Champagne.   14
Le voyageur du monde.   18
Le carillon bachique.   20
Le vin.   24
Le souvenir de douleur.   26
Le panpan bachique.   27
La mort de Grégoire.   31
Ma morale.   34
La folie.   37
La désolation genérale.   39
Tout est mystère dans la vie.   46
Chanson bachique.   49
Renaud de Montauban.   50
Chant du soldat.   52
Les passants.   54
Le tombeau de Roland.   60
Les grâces.   63
Chanson.   65

Le bon chevalier. 6

Le pouvoir du vin. 6

L'abandon. 72

La réforme. 73

A mon ami Brazier. 75

L'original sans copie. 77

Tout le monde est attrapé. 81

L'amour guerrier. 82

Le John Bull Parisien. 84

Le printemps. 87

Mon portrait. 92

Les chevaliers Rose-Croix. 93

Fin de la Table.

www.ingramcontent.com/pod-product-compliance
Lightning Source LLC
Chambersburg PA
CBHW060437260626
47161CB00005B/1968